ÉPITRE

A

M. GASTON ROMIEUX,

A L'OCCASION DE SON VOLUME

DE

FABLES ET DE POÉSIES DIVERSES,

Par L. J. d'Ay....

LA ROCHELLE,

TYPOGRAPHIE DE GUSTAVE MARESCHAL , RUE DUPATY , 20.

1859

Y

ÉPITRE

A M. GASTON ROMIEUX.

ÉPITRE

A

M. GASTON ROMIEUX,

A L'OCCASION DE SON VOLUME

DE

FABLES ET DE POÉSIES DIVERSES,

Par L. J. d'Ay....

LA ROCHELLE,

TYPOGRAPHIE DE GUSTAVE MARESCHAL , RUE DUPATY , 20.

1859

ÉPITRE

A

M. GASTON ROMIEUX,

A L'OCCASION DE SON VOLUME

DE

FABLES ET DE POÉSIES DIVERSES.

Pour charmer mes loisirs, digne Gaston Romieux,
Ton livre nouveau né souvent est sous mes yeux ;
Je ne me lasse point de lire cet ouvrage,
Où l'homme de tout rang, et quel que soit son âge,
De la brute reçoit, en diverses façons,
Des avis précieux et de vertes leçons.

De tes censeurs velus j'écoute la parole,
Et je me sens heureux lorsque dans leur école
Ils appliquent au fat, à l'avare, au pédant,
A l'un un coup de patte, à l'autre un coup de dent;
Et c'est avec tant d'art qu'aux héros de tes fables
Tu prêtes tes discours, qu'ils semblent raisonnables;
Et tu m'abuserais si je ne savais pas
Qu'ils sont muets avant comme après leur trépas.

Mais, écoute : Autrefois le bon Jean Lafontaine,
Mécontent comme toi de la famille humaine,
Et voulant déclarer la guerre à ses défauts,
Crut devoir, pour soldats, prendre des animaux.
Bientôt, des monts glacés et des climats torrides,
Des vallons, des forêts et des plaines liquides,
Chaque espèce accourut; dociles à sa voix,
Les petits et les grands se rangèrent sans choix;
Et sans avoir égard à leur force, à leur taille,
Il voulut que chacun prît part à la bataille.
Aussi vit-on les rats, les lions, les fourmis,
Les milans, les cirons, pour combattants admis.

Approchez, leur dit-il, et que chacun m'écoute :
L'homme, de plus en plus, s'écarte de la route
Que lui traça, deux fois, la main du Tout-Puissant.
Regardez, sur ce char qu'admire le passant,
Cet orgueilleux brodé, dissimulant ses vices
Sous des flots de rubans, qu'au gré de ses caprices
Il fait coudre en tous sens sur ses riches habits,
Où brillent des boutons incrustés de rubis;
Il s'est vautré longtemps dans le sang et la fange
Pour amasser de l'or que l'art réduit en frange
Autour du fin tissu que le ver a produit,
Et dont les plis moëlleux le caressent la nuit.
Il se dit être issu d'une antique noblesse,
Quand c'est un comte, hélas ! tombé dans la détresse,
Qui, voulant se soustraire au sarcasme, au mépris
Et surtout à la faim, le fit noble à grand prix.
Tenez, en peu de mots voici son origine :
Jadis, son père était le chef de la cuisine
D'un milord qui mourut d'une indigestion,
Alors que mon héros n'était que marmiton.

Ce borgne qui le suit est un maudit avare,
Misanthrope hideux, dont l'espèce est peu rare.

De nos jours un poëte a tracé son portrait,
Où de fins connaisseurs trouvèrent plus d'un trait
De certains opulents à la décente mise.
Pourtant, lui n'a qu'un œil et jamais de chemise.
Sur un âne boiteux voici deux usuriers.
Ah! combien j'ai connu d'honnêtes roturiers,
Artisans, laboureurs, marchands, propriétaires,
Traînés dans les prisons comme autant de faussaires,
Pour n'avoir pu solder le compte de ces gueux,
Qui, pour un sac prêté, vous obligent pour deux,
Qu'il faudra leur porter juste au bout de l'année,
Où, la justice en deuil, par la loi profanée,
Pour satisfaire au vœu de leur ambition,
Au plus offrant vendra votre habitation.
Voilà pourquoi, souvent, on voit à demi-nues,
Des familles en pleurs, mendier dans les rues.

Mais, pour l'homme, déjà, vous montrez du dégoût;
Ah! pourtant, mes amis, vous n'êtes point à bout
De voir tous les pervers répandus sur le globe :
Je vous en montrerai dans le froc et la robe,
Dans le palais des grands, sur le trône des rois,
D'errants sur les rochers, de cachés dans les bois,

Sous la bure et le lin, sous la pourpre romaine.
Il en est qu'on condamne à traîner une chaîne,
D'autres qui sont roués ou meurent en prison.
Mais, parmi les humains, il est une moisson
De criminels titrés, méritant la torture,
Qui n'ont jamais reçu même une égratignure ;
La justice en haut lieu n'exerce point ses droits,
Là, l'or et les grandeurs paralysent les lois.

Vous apprendrez aussi ce qu'est un hypocrite,
Caméléon humain, qui rit quand on l'irrite,
Pour déguiser son fiel, sa colère et son dard,
Dont les effets cruels se font sentir plus tard ;
Et l'envieux qui hait tous pouvoirs despotiques,
Mais qui, pour en user, ferait dix républiques ;
Et le blasphémateur, le joueur, le jaloux,
Et tant d'autres encore, inconnus parmi vous.

Mais le plus dangereux est aussi le plus lâche :
Le calomniateur, dont la plus douce tâche
Est de ternir l'éclat des réputations ;
Chaque nuit inspiré par de nouveaux démons,

Il fait pour le matin, sur tel, un méchant conte ,
Qu'à sa dame indiscrète , en secret il raconte ;
Aussitôt *les on dit* percent de toute part ,
Chacun crie au scandale et condamne au hasard
Ce tel dont un marquis recevait la famille ,
Mais qui , de son manoir , va lui fermer la grille.
Et le perfide , alors, poursuivant son dessein ,
Du père et des enfants est le lent assassin.

J'avais pensé, d'abord, à tous vous les décrire ;
Mais j'aurais plutôt fait de vous apprendre à lire
Les écrits estimés de Molière et Boileau ;
Là , vous les verrez peints dans plus d'un noir tableau.
De Boileau, mon ami, la verve courroucée,
En chargeant leurs défauts, contre eux s'est émoussée ;
Sa plume trop hardie outre la vérité,
Et souvent ses portraits blessent l'humanité.
Qui ne voit en Boileau qu'un poëte farouche,
Dont l'injure, en beaux vers, est fertile en sa bouche?
De la raison , dit-il, l'homme a le moindre lot,
Et l'homme, plus que l'âne, est ridicule et sot.

Molière est plus courtois envers sa pauvre espèce :
En la divertissant, il sait avec adresse
Lui montrer ses méfaits dans un puissant miroir,
Où l'homme se voyant, refuse de se voir;
Et, lorsque sur un fat s'abaisse la férule
Du maître acteur qui frappe en lui le ridicule,
Dans sa loge applaudit encore un plus grand fat,
Qui, pour un mot, un rien, le lendemain se bat.

Un frère écoute peu les leçons de son frère,
Et si l'homme fait cas de celles de Molière,
C'est que dans ces leçons le génie et l'esprit
Font jaillir de bons mots, dont il plaisante et rit;
Mais son cœur égaré, d'un scepticisme extrême,
Repousse la morale et demeure le même.

Voyez ces orateurs : le jeune Massillon,
Le savant Bourdaloue et le bon Fénelon,
Qui du ciel ont reçu la mission sublime
D'ériger les vertus à la place du crime.
Guidés par un saint zèle et par l'esprit divin,
Ils font de longs sermons, mais qu'ils prêchent en vain

A tous les grands du jour, soi-disant philosophes,
Dont le savoir brillant n'est que sur les étoffes
Où la mode coupa leurs derniers vêtements,
De leur esprit, hélas! uniques ornements.

De l'homme, mes enfants, la conduite m'afflige;
Il faut qu'avec douceur, enfin, je le corrige,
Et je réussirai, si, soumis à mes vœux,
Vous me promettez tous d'agir comme je veux.

Aussitôt s'agitant, les bienveillantes bêtes,
Devant lui, par trois fois, inclinèrent leurs têtes;
Et Lafontaine, alors, rempli de son sujet,
Longuement expliqua son louable projet.

Des humains, leur dit-il, la race abâtardie
Peut se régénérer par une parodie,
Dont vous serez, amis, les principaux acteurs:
Vous aurez parmi vous de nombreux orateurs,
Des juges empressés à rendre la justice,
Si la fin d'un procès leur vaut un bénéfice;

De soucieux plaideurs, d'ennuyeux avocats,
Chicaneurs insolents, dont le diable fait cas,
Lorsque la vérité succombe sous l'empire
De leurs discours subtils, que l'intérêt inspire.
Pour guérir vos douleurs, d'ignorants médecins,
Qui feront proclamer par des sots, leurs voisins,
Que sans eux, l'an dernier, la phthisie ou la goutte
Eùt mis deux beaux renards sous le gazon, sans doute.

Mais il faut, avant tout, souffrir que le lion,
Par son droit du plus fort, et sans condition,
Soit votre Providence en s'érigeant monarque.
Des bavards sans emplois et plus d'un Aristarque
Critiqueront ses lois et ses adulateurs,
Ses mœurs, ses conseillers, ses ardents exacteurs,
Qui, toujours mécontents de leur part de curée,
Dineront, pour leur compte, en plus d'une contrée;
Mais si de la police un limier les entend,
Des censeurs le délit sera dès lors patent,
Et bientôt renfermés au fond d'une bastille,
Ils pourront regarder les barreaux de leur grille,
Jusqu'au jour incertain, mais sûrement fatal,
Où, les bras garottés, devant un tribunal,

Ils iront sur des bancs entendre leur sentence ;
On leur épargnera peut-être la potence,
Mais, au moins, un fouet déchirera leur flanc,
Jusqu'à ce que le sol soit rougi de leur sang ;
Car on aura prouvé que contre leur bon prince
Ils voulaient soulever la ville et la province.

Enfin, par ce beau plan, mûri dans mon cerveau,
Vous serez, mes enfants, mis au même niveau
De l'homme vaniteux, se croyant être sage,
Mais qui de la sagesse a perdu l'héritage ;
Il rougira de voir un éléphant, un bœuf,
Et jusqu'à l'animal aussi petit que l'œuf
De la moindre fourmi, qu'un brin d'herbe balance,
Se placer avec lui dans la même balance ;
Alors, changeant d'esprit, de langage et de ton,
Il pourra, sans frémir, penser à Charenton.
L'avare, de son or le misérable esclave,
N'ira plus, en tremblant, l'adorer dans sa cave ;
Mais, pleines de cet or, ses libérales mains
S'ouvriront pour la veuve et pour les orphelins,
Pour le pauvre meurtri des coups de l'infortune,
Qui gémit en secret quand la faim l'importune,

Au lieu de s'exposer au refus, dont l'affront
Déchirerait son cœur en rougissant son front.

Sur notre globe, enfin, tout changera de face,
La vertu, chez les grands, un jour aura sa place ;
Il n'existera plus de ces fils envieux,
Envoyant chez les morts rejoindre ses aïeux
Un père aux cheveux blancs, que la douleur assiège,
Pour hériter d'un nom, d'un bien, d'un privilége ;
On fera fusiller ces hardis spadassins,
Qui font légalement le métier d'assassins ;
Vous verrez rarement un affreux homicide
Couronner son forfait d'un lâche suicide ;
Et si, de loin en loin, un innocent Abel,
De son frère Caïn reçoit un coup mortel,
Ce frère repentant, dans sa douleur extrême,
Voudra, sur un bûcher, se placer de lui-même ;
Et, muni de pardons et d'un cilice ceint,
Il brûlera tranquille et passera pour saint.

Je pourrais fort longtemps réjouir vos oreilles
Des heureux changements et des grandes merveilles

Que verront nos neveux en moins de deux cents ans.
Mais il faut en finir avec vous, mes enfants.
Pourtant, sachez encore, avant que je termine,
Qu'au lieu de vous traquer, armé de carabine,
L'homme, un jour, deviendra votre meilleur ami :
La souris et le rat, l'économe fourmi,
Butineront en paix et rongeront à l'aise
Le froment, le raisin, l'abricot et la fraise ;
Il n'égorgera plus le bœuf et le mouton,
Pour satisfaire encor son appétit glouton ;
Et lorsqu'un vieux lion, perclus, dans sa tanière,
De faim et de douleur dressera sa crinière,
L'homme ira le combler de ses soins délicats,
Et de ses meilleurs mets lui servira des plats ;
Le lion, en retour, faisant la douce patte,
De son cher bienfaiteur d'une récente date,
Caressera le front, et lui léchant la main :
Tendre ami, dira-t-il, ô ! revenez demain.

Par des pièges divers, tendus sur votre piste,
Vous ne serez plus pris la nuit à l'improviste ;
Vous pourrez, en été, sous un ardent soleil,
Vous chauffer à loisir, vous livrer au sommeil ;

Le soir, courir, sauter, jouer au clair de lune,
Sans craindre qu'en passant l'homme vous importune ;
Sa dent n'attaquera ni viande ni poisson,
L'eau pure deviendra son unique boisson.
Tout n'en ira que mieux, car je rougis de honte,
Lorsque l'esprit de vin sous son noble front monte,
Et, dans ce moment-là, je ne sais ma foi pas
Où loge sa raison, dont il fait tant de cas.

Mais la nuit, de son ombre a noirci nos montagnes,
Amis, il faut aller rejoindre vos compagnes ;
Partez, marchez, rampez et volez, au revoir !
Moi, je vais à l'instant rentrer dans mon manoir,
Où, près de mon foyer, appuyé sur ma lyre,
Pour atteindre mon but, je dois longtemps écrire.

Deux siècles sont passés ! Où sont-ils ces beaux jours
Promis par Lafontaine en ce plaisant discours,
Que sans déguisement, Gaston, je te raconte,
En avouant, hélas ! que ce n'était qu'un conte,
Qu'un désir impuissant d'un poëte rêveur,
Qui voulait rendre l'homme aussi bon que son cœur,

Mais qui n'a recueilli, pour tout fruit de ses peines,
Que des déceptions et beaucoup de migraines.

Et toi, tu crois pouvoir, par des fables encor
Ramener parmi nous l'innocent siècle d'or,
Où nos premiers parents obtenaient, sans rien faire,
Les abondants produits que nous offre la terre?
Tes louables efforts, Gaston, sont superflus!...
Ce temps heureux est mort, il ne renaîtra plus.
Morte est la liberté, depuis ce jour où l'homme
En abusa pour mordre à la fatale pomme
Qu'il devait admirer sans y poser la dent.
Et si, parfois, pressé par un désir ardent,
Il veut la ressaisir un moment par la force,
La raison, courroucée, avec lui fait divorce,
Et la folie, alors, affermissant ses droits,
Sait, d'un peuple égaré, diriger les exploits.
Sous un drapeau fangeux, des hordes frénétiques
Vont réduire en débris des monuments antiques;
Les temples somptueux, des siècles respectés,
Par leurs profanes mains sont bientôt dévastés :
Des pavés arrachés, des voitures rompues,
Des meubles, des fragments d'autels et de statues,

Au sein de nos cités s'élèvent en rempart,
Où ces guerriers d'hier plantent leur étendard.

A leur strident appel, leurs phalanges grossissent,
Et, vainqueurs des canons, qui dans leurs rangs vomissent
La mitraille, le feu, les boulets, le trépas,
Vers de nouveaux succès, ils dirigent leurs pas ;
Des demeures des rois, les grilles sont forcées, '
Les arcs sont abattus, les portes enfoncées ;
Les chefs-d'œuvre de l'art, sous leurs pas sont jonchés,
Avec les lys rompus, des frontons arrachés ;
Le bonnet phrygien, des lys prenant la place,
De ses rouges reflets, encourage l'audace
Des héros en haillons, qui, n'ayant plus de frein,
Égorgent, en chantant un lugubre refrain,
L'élite des Français. Un monarque sans trône,
Va du martyre, au ciel, recevoir la couronne ;
Sous leurs puissants efforts, tout meurt, croule ou s'enfuit ;
Et quand l'éclat du jour chasse une épaisse nuit,
On voit avec horreur les traces de leur rage
Rougissant le granit ou l'herbe de la plage.

L'airain ne tonne plus!... et pourtant Lucifer,
De ses dignes suppôts aiguise encor le fer ;
Mais la flamme et le fer ne peuvent plus suffire
A ces fiers assassins, pour outrager, détruire
Les humains qui, malgré la *déesse Raison*,
Osent avouer Dieu, même dans leur prison.
Quoi ! reconnaître un Dieu ! C'est un antique crime
Que commettait encor, sous le dernier régime,
Le despote Capet, ce zélé partisan
De ce Dieu qui le fit gouverner en tyran ;
Dieu n'est plus qu'un vain mot, rayé du nouveau code,
Et ses adorateurs ne sont plus à la mode ;
On doit exterminer ces mauvais citoyens,
Du trône et de l'autel les dangereux soutiens.

Satan, à ce projet, dresse sa fine oreille,
Il approuve tout bas, encourage, conseille ;
De la destruction il meut tous les ressorts.
Mais, pour accélérer le départ chez les morts
De tous ces vains dévots, ennemis de sa gloire,
Il décrète qu'il faut les jeter dans la Loire :
Aussitôt, accouplés, on en fait des ballots
Que le fleuve reçoit et roule dans ses flots ;

Et chaque jour, hélas! des vagues fugitives
Déposent des milliers de beaux noms sur ses rives.

Gaston, ton âme ardente, au nom de liberté,
Rayonne d'espérance... et ta noble fierté,
Jalouse de jouir de son indépendance,
L'appelle de ses vœux dans notre belle France;
Tu compares les cœurs à ton cœur généreux,
Sans songer qu'il en est de vils, de dangereux,
Toujours prêts à briser la main qui nous gouverne,
Et qui te suspendraient toi-même à la lanterne,
Si cette liberté, qui mit la France en deuil,
Ou plutôt qui n'en fit qu'un immense cercueil,
Venait encor chez nous moissonner nos familles,
Comme en un champ de blé font d'actives faucilles.

La liberté sans borne est faite pour les cieux,
Et non pas pour les fous habitant ces bas lieux :
Ils seraient tous allés du Styx visiter l'onde,
Si Dieu, dans sa bonté, pour nous toujours profonde
N'eût dépêché du ciel un aigle, si puissant,
Que de leurs libertés, il alla menaçant

Foudroyer d'un regard la hideuse déesse,
Dont la perte causa dans Paris l'allégresse.

Puis les rouges bonnets perdirent de leur prix,
On les traita partout avec haine et mépris,
Et ceux qui s'en coiffaient avec orgueil naguère
Les traînèrent souillés d'ordure et de poussière;
Des sans-culotte, alors, l'aigle fit des soldats
Qu'il promena longtemps chez de grands potentats;
Et chaque souverain payait avec usure
Le prix toujours croissant de leur large chaussure.
Dans ces temps glorieux, neuf cent mille guerriers
Amassaient, en courant, des faisceaux de lauriers,
Qu'ils ajoutaient sans cesse aux richesses immenses,
Conquises sur le sol des plus hautes puissances;
La France n'eut jamais tant de force et d'éclat;
Mais quand la trahison, dans un fatal combat,
Déjoua les calculs de son vaste génie,
On vit la fleur de lys, par les Français bannie,
Être par les Français saluée à grands cris,
Et briller sur le sein des enfants de Paris.

Et Paris, inconstant, se livrait à des fêtes,
Tandis qu'on remettait lâchement ses conquêtes
A ces rois qui venaient naguère, à deux genoux,
De l'aigle qu'ils trompaient conjurer le courroux.

Tel poëte, enivré des gloires de l'Empire,
Et qui les sut chanter, dans un ardent délire,
De sa lyre, commode, obtint de nouveaux sons
Pour louer d'un grand roi les faibles rejetons,
Revenus en tremblant des rives étrangères,
Protégés des canons qui mitraillaient nos pères.

Mais qu'importe, à tout prix, en France, on eut la paix,
Et l'Europe, quinze ans, crut que les bons Français
Ne voulaient plus de sang, de trouble, de carnage;
L'Europe se trompait: un formidable orage
Broya, pendant trois jours, les défenseurs des lys,
Dont les restes, dans l'onde, étaient ensevelis,
Tandis qu'au loin fuyait Charles, l'âme flétrie,
Abandonnant encor le trône et sa patrie.
Et le peuple français, après ce nouveau choc,
Pour prix de ses exploits n'obtint, hélas!... qu'un coq.

Il est vrai qu'il était d'origine gauloise,
Qu'il fut prôné, chéri, par la classe bourgeoise,
Surtout quand en habit neuf et national
Elle l'accompagnait à son Palais Royal;
Et que de rudes mains, dans sa patte glissées,
Par le coq diplomate étaient souvent pressées;
Mais on railla plus tard sa popularité;
On le trouva sans cœur, sans foi, sans dignité,
Traître envers ses amis, et maître en fourberie;
Enfin, de ses méfaits une longue série,
Colportée au grand jour, par la haine, en tous lieux,
Ranima la discorde, et le coq déjà vieux
Entendit un matin un air patriotique
Préluder les bienfaits d'une autre république,
Qu'il voulut conjurer; mais il était *trop tard!...*
Dejà ses remplaçants dressaient leur étendard;
Et pour premier exploit, bientôt leurs mains avides
Firent de coffres pleins des coffres longtemps vides.

Cependant, *malgré lui, le peuple souverain*
Payait un double impôt avec un air chagrin:
On le trompait, hélas! quand, tant en vers qu'en prose,
Tous ces grands orateurs qui défendaient sa cause,

Criaient à haute voix, à ce peuple exigeant,
Que sous la république on dédaignait l'argent,
Et que dans le giron de cette bonne mère
Chaque Français trouvait dans un Français un frère,
Heureux de partager et son or et son bien
Avec un sien parent, s'il ne possédait rien.
Bravo! disait alors la foule plébéienne,
La république est sage, il faut qu'on la soutienne;
Sa tendresse pour nous, pauvres gueux demi-nus,
Veut nous voir les égaux des riches parvenus;
La moitié de leurs biens sera notre richesse,
Et nous pourrons, comme eux, vivre dans la mollesse.
Puis ces fiers blasonnés, dont le précieux sang
Est plus pur, disent-ils, que n'est celui qu'Adam
Transmit à nos aïeux, d'origine commune,
Vont nous abandonner, par force, leur fortune:
Ils auront beau crier que la fraternité
Entre noble et vilain n'a jamais existé,
Leurs superbes châteaux, somptueux édifices,
Feront à notre tour l'objet de nos délices.
De quoi se plaindront-ils? nous serons généreux
Plus qu'en quatre-ving-treize on ne le fut pour eux;
Il leur sera permis de porter des culottes,
Sans être, pour ce fait, suspects aux patriotes;

Puis, avec nos valets, quand ils viendront chez nous,
Ils pourront, sans façon, manger la soupe aux choux,
Boire un coup de vin pur au lieu de la piquette
Qu'on fabrique pour nous en plus d'une guinguette.

Les nobles irrités d'entendre un tel discours,
D'un légitime roi demandaient le retour,
Et les riches, comme eux, d'une voix lamentable,
Priaient Dieu d'envoyer la république au diable.
Enfin, l'aigle revint!... Dès lors, les indiscrets,
Nobles, riches et gueux, turent leurs vains caquets,
Et plus d'un ennemi de sa gloire nouvelle,
Aujourd'hui, pour avoir un abri sous son aile,
Fait redire aux échos, qui montent jusqu'à lui,
Que chaque bon Français doit être son appui.

Gaston, de ton clocher la haute girouette,
Ainsi que l'homme, fait souvent la pirouette ;
Mais elle est en repos quand cessent les autans,
Tandis que l'homme est prompt à tourner à tous vents.
Possède-t-il, un jour, un objet dont la grâce
Le charme le matin, dès le soir il s'en lasse ;

D'un désir satisfait naît la satiété,
La chaleur le fatigue après un mois d'été;
Mais qu'il vienne du nord quelques jours de froidure,
Contre le temps présent, on l'entend qui murmure.

Conviens donc avec moi, qu'aujourd'hui, les humains
Ne pourraient faire entre eux dix bons républicains,
Et que pendant mille ans, si ton habile plume
Leur livrait chaque soir de fables un volume,
A la fin des mille ans, s'ils n'étaient encor pis,
Ils seraient ce qu'ils sont, ce qu'ils furent jadis.

Pour l'homme, cependant, ne cesse point d'écrire;
Tu ne peux le changer, mais tu le peux instruire :
Aux poëtes placés au bas de l'Hélicon,
Dis comment on devient favori d'Apollon,
Apprends-leur le secret d'obtenir la couronne
Qu'en sa vieille cité Clémence Isaure donne,
Dans la saison des fleurs, tous les ans une fois,
A celui dont les chants sont dignes de son choix.
N'appréhendes-tu pas que, surtout à Toulouse,
Il ne te soit lancé, par leur haine jalouse,

Mille traits acérés, sortis de méchants vers,
Où ton droit jugement sera peint de travers?
Ils voudraient, comme toi, gravir le mont Parnasse,
Ou t'en voir renverser pour ramper à leur place.
Mais, voyant sans effet le premier de leurs vœux,
Ils terniront l'éclat de tes vers gracieux;
Ton poëme charmant, né d'une plume habile,
Que ne répudîraient Despréaux ni Virgile,
N'a jamais obtenu, diront ces rimailleurs,
Que l'éloge des sots et celui des railleurs.
Mais qu'importe, après tout, à ta gloire posthume,
Qu'en relisant tes chants, leur courroux se rallume,
Et que leur calomnie abaisse tes écrits,
Aux yeux de l'avenir auront-ils moins de prix?
Va, si de ces jaloux le *troupeau* se refuse
D'encenser, de tes jours, les œuvres de ta muse,
Quand tu ne seras plus, les arts et l'équité
Légueront ton poëme à la postérité.
Tu dormiras, alors, dans ta couche profonde,
Et ton âme, insensible aux gloires de ce monde,
Sourira cependant, en voyant sur ton lit
Un cône ciselé de marbre ou de granit,
Où les membres savants de ton académie
Auront fait appliquer par une main amie,

La noble inscription que déjà j'ai pu voir
Chez un auteur pieux qui me reçut un soir ;
Jamais de plus doux vers n'ont flatté ton oreille,
Ni vanté les accents de Racine ou Corneille.
Puisse la vérité, d'accord avec mes vœux,
Y joindre ces trois mots : Gaston vécut heureux.

18 février 1859.

L. J. D'AY....